LA MONTAGNA ARTIFICIALE

Commedia in un atto

LUIGI ANTONELLI

Texte et illustration de couverture : © domaine public
Edition : Culturea (Hérault, 34)
Contact : infos@culturea.fr
Retrouvez notre catalogue sur http://culturea.fr
Imprimé en Allemagne par Books on Demand
Design typographique : Derek Murphy
Layout : Reedsy (https://reedsy.com/)

Dépôt légal : Janvier 2023
Tous droits réservés pour tous pays

ISBN : 9791041846573

PERSONAGGI.

Gaspare Riva

Regina (sua moglie)

Orioli

Fabrizi

Speranza Lari

Lo zio Flaminio

Nora (sua figlia)

La voce del Sindaco

I Consigliere

II Consigliere

La voce del III Consigliere

Uno del pubblico

L'usciere

Persone del pubblico

Consiglieri, consigliere, ecc.

L'azione ha luogo in una città d'Italia, nel tempo avvenire.

Siamo nella sala del consiglio comunale di una grande città distesa su di una immensa pianura. Di questa sala è visibile esattamente la metà, ossia la parte posteriore dei seggi digradanti a semicerchio verso la sinistra della scena. Dell'invisibile SINDACO perciò, che si suppone seduto sul seggio a sinistra, si udrà soltanto la voce, e si sentiranno le scampanellate. Il PUBBLICO occupa lo spazio che corre tra gli ultimi ordini di seggi, limitato da un'artistica inferriata comunicante con l'emiciclo per mezzo di un cancello, e il resto della scena a destra. Nel fondo una porta, in direzione dell'inferriata, per l'accesso dei CONSIGLIERI: un'altra a dritta per l'accesso del PUBBLICO. Quando si alza la tela la seduta è già iniziata: e si sente la voce del segretario leggere il verbale della seduta precedente. Poiché l'azione di questa commedia si svolge in un tempo avvenire, alla seduta partecipano non soltanto i CONSIGLIERI ma parecchie CONSIGLIERE. Si vedono tra gli altri, intenti a sfogliare delle carte senza prestare attenzione alla lettura del segretario, l'ingegnere RIVA, REGINA RIVA sua moglie, l'avvocato FABRIZI, l'ingegnere ORIOLI, la signorina SPERANZA LARI, il I CONSIGLIERE e il II CONSIGLIERE.

I CONSIGLIERE

dopo una lunga pausa

Domando la parola.

II CONSIGLIERE

Domando la parola.

Si ode ancora la voce del segretario che termina la sua monotona lettura.

LA VOCE DEL SINDACO

La parola è al Consigliere Giuffrida. Raccomando agli onorevoli Consiglieri di essere più che mai brevi nei loro discorsi essendo, com'è noto, questa seduta destinata alla relazione e alla discussione del progetto dell'ingegner Riva. Parli pure il Consigliere Giuffrida.

I CONSIGLIERE

È appunto in merito alla discussione di questo progetto che io intendevo, a nome di parecchi colleghi della minoranza, sollevare una pregiudiziale. Per quel che mi riguarda, io mi oppongo alla discussione di questo progetto e propongo la nomina di una commissione per l'esame della relazione scritta dal valoroso ingegner Riva...

Lo indica con la mano. RIVA tentenna il capo sorridendo

Conosco troppo bene le virtù di persuasione e l'eloquenza di colui che sarà certamente il mio contraddittore per non temere che la virtuosità del suo discorso possa esercitare nell'assemblea quel fascino che non permette il severo esame critico che l'importanza della proposta e il dispendio di tanti milioni...

RIVA

Domando la parola.

I CONSIGLIERE

...Altrimenti chiedo di esporre in antecedenza le obiezioni che io credo necessario tener presenti perché i miei colleghi possano vagliare nella loro giustezza le argomentazioni dell'ingegnere Riva.

LA VOCE DEL SINDACO

Un momento. Ma è possibile sollevare una discussione critica su di un progetto che non è stato ancora esposto...

RIVA ha un gesto come per dire: «Diamine! È così semplice!»

LA VOCE DEL SINDACO

Non credo necessario domandare su questo il parere del Consiglio.

I CONSIGLIERI fanno un gesto di assentimento senza troppo scomporsi

A ogni modo il Consiglio è di parer contrario al signor Giuffrida.

RIVA

Rinunzio alla parola.

LA VOCE DEL SINDACO

Lei, avvocato Levi?

II CONSIGLIERE

Era per presentare una richiesta analoga a quella del collega Giuffrida. Ma dal momento...

LA VOCE DEL SINDACO

La parola è all'ingegnere Gaspare Riva.

RIVA

si alza lentamente

Onorevole Sindaco, onorevoli colleghe e colleghi della Giunta! Non è senza letizia che io vedo molto preoccupati alcuni miei cospicui colleghi della minoranza. Ma il mio rigore di giustizia è tale che io non mancherò di muovere a me stesso le obiezioni ch'essi avrebbero voluto farmi, con generosa sollecitudine, in anticipo. Sono desolato per loro, ma il progetto che io esporrò per sommi capi, trascurando tutto quanto fu elaborato in apposita relazione dagli ingegneri e dagli architetti, non è un progetto che appartiene a me, ingegnere Riva, a me ch'ebbi il solo merito di lanciare per primo l'idea. È un progetto ormai caro a tutte le migliaia di persone da noi amministrate. Per quanto fantastica e paradossale dovesse apparire l'idea di costruire una montagna nella gran pianura che da questa città ha nome, questa idea ha guadagnata la sua enorme popolarità prima di diventare un fatto compiuto. Io non difendo dunque il progetto, e neppure lo esalto perché questo l'han già fatto le centinaia di migliaia di voti che ha già raccolto il successo ideale di questa iniziativa. Io analizzerò invece i fattori psicologici da cui nacque, da cui è venuta con tanto favore maturando... Onorevoli colleghi, questa città piatta a noi sì cara, immersa nella sua sconfinata immensità rettilinea, matura in sé da un millennio l'ansietà del suo panorama! Questa città smisurata per lo sviluppo dei suoi fianchi, per la ricchezza delle sue opere pubbliche, per la preminenza sulle più floride città meccaniche d'Italia... questa città è riuscita a tutto, tranne a una cosa: ad avere un panorama: ossia a vedere se stessa, onorevoli colleghi. È un destino che pesa, a lungo andare su di una città, come pesa su di una creatura umana. È il destino a cui può rassegnarsi, csompligrazia, una palude: non già una città che vive del suo impulso quotidiano di superamento, che è un impulso verso l'alto, che è ansietà verso il cielo, dominio nell'azzurro, rapimento d'ascesa, vertigine, spazialità!

Pausa, silenzio

Comprendo perfettamente, dal vostro onesto silenzio, il desiderio d'ascesa creato nel vostro spirito dalle mie nude parole...

Ora, se noi avessimo una città povera, reclamante l'urgenza di ospedali, di opere di pubblica necessità... o semplicemente una città povera di abbellimento, io non esiterei un istante a proporre che il lascito a noi affidato dal suo munifico donatore alla cui memoria io invito l'assemblea a tributare un saluto...

tutti i CONSIGLIERI si alzano a metà con un breve inchino seguìto da un mormorìo di approvazione

...io non esiterei un istante a proporre che questo lascito venisse profuso in opere di pubblica utilità... Ma noi abbiamo una città che non ha, per fortuna – e per sfortuna dei miei pochi avversari – bisogno di nulla! Noi abbiamo una città che è, anzi, stracarica di tutto: di ospedali, di istituti d'igiene, di ricreatori, di riformatori, di educazione, di rieducazione... Tutto ciò che fa la vita e la rifà, abbatte e riedifica, crea e distrugge, noi l'abbiamo... Se ci sono istituti dove i giovani imparano a deformarsi lo spirito, noi ne abbiamo altri dove lo spirito si riforma. Se ci sono istituti di educazione fisica e sportiva dove i giovani si rompono l'osso del collo, abbiamo anche quelli di rieducazione dove le membra si riformano al punto da dare l'illusione perfetta delle membra originarie, creando degli uomini ortopedici veramente mirabili per combattività e ardire... Voi sapete che un giorno noi ci accorgemmo della inutilità dei monumenti eretti alla memoria dei grandi uomini e compimmo un atto mirabile d'indipendenza distruggendoli... Abbiamo creato tante cose utili da ridurre al silenzio la Beneficenza. Oggigiorno chi osasse aspirare alla benemerenza di qualche cosa, non saprebbe più a quale miseria rivolgersi... Ordunque... se un munifico donatore, alla cui memoria non c'è alcuno di voi che non sia in ogni momento disposto a tributare un saluto...

mezzo inchino dei CONSIGLIERI, come sopra, e mormorìo di assentimento

...ci lascia qualche miliardo con l'incarico imbarazzante di profonderli in «un'opera di Comune utilità ed elevazione», ebbene, onorevoli colleghi e colleghe! – diamo a questa città il suo premio quasi fanciullesco di una bella montagna da fabbricare – e giacché i tecnici ossia gli ingegneri e gli architetti si son messi d'accordo per dirci che sì, è possibile con pilastri e arcate come per i viadotti romani, ossia con molteplici ordini di archi in alto raccordati dalle vôlte e il tutto convenientemente difeso con asfalto e coperto con la terra..., che sì, è possibile l'erezione di una montagna artificiale, e non è né un «bluff» né una fantasia, diamo a questa città il gusto di supplire a una manchevolezza della natura, e abbia essa una montagna ricca di alberi dalla cui sommità possa guardarsi, a questa città che fino ad oggi è stata come una bella donna a cui nessuno mai abbia pensato di donare uno specchio... e respiri la sua conquistata altezza e goda del privilegio di vigilarsi; e nelle miriadi di luci che costellano di notte le sue membra sappia cogliere l'attesa del lento destarsi la mattina... Signori, ho finito.

Si siede

REGINA

che siede dietro di lui, vivamente esortandolo

Hai finito male! Aggiungi qualche cosa!

I CONSIGLIERE

mentre si tenta di applaudire

Il finale è un po' brusco!

RIVA

rapidamente rialzandosi e riprendendo il tono del discorso

...E veda, soprattutto, questa città... e valuti il suo crescente fiorire! Questo accrescerà la sua bellezza e il suo valore morale... poiché o signori è dimostrato che le città più ricche di panorami sono quelle che hanno dato maggior somma di uomini d'ingegno...

Ilarità

Per donarle questo privilegio noi gareggeremo con la natura, noi sovvertiremo con geniale audacia le leggi millenarie che regolano le creazioni naturali...

Con grande enfasi

Noi daremo alla città piatta la sommità creata dalla mano dell'uomo, rivaleggiante con la natura e gareggiante con essa, noi daremo a questa plutocratica città gonfiata dallo spasimo della meccanica il suo dono fanciullesco per farla sposare col cielo; noi la faremo emergere, con la nostra volontà viva, per darle il gusto e l'ascensione delle cose sublimi!

REGINA

Ah! Adesso va bene!

Applausi da quasi tutti i seggi. RIVA scende dall'emiciclo per stringere le mani ai colleghi che si affollano intorno a lui.

I CONSIGLIERE

Ho chiesto la parola...

Ma la sua voce è sopraffatta dalla confusione originata dal successo oratorio di RIVA

...per sapere... incidentalmente... quanto sarà alta, presso a poco, questa montagna...

Il CONSIGLIERE

Questo si vedrà dalla relazione degli architetti e degli ingegneri...

LA VOCE DEL SINDACO

tra l'improvviso silenzio

La relazione sarà distribuita da qui a cinque minuti a tutti i signori componenti la Giunta...

Il CONSIGLIERE

Ah! Meno male!

RIVA

riprendendo il suo posto

A ogni modo, con licenza del signor Sindaco, è bene riassicurare subito il mio eminente collega.

Una pausa, tra l'attenzione generale

Non bisogna poi esagerare sull'idea di questa montagna. Non sarà mica il Monte Bianco o il Gaurisangar... e neppure una delle modeste nostre montagne delle Prealpi... la chiamiamo montagna perché, come sforzo umano, rappresenterà un'altissima impresa... Ma orograficamente... sarebbe più esatto chiamarla collina... una grande collina... ma in certa qual guisa... che cosa sono le montagne se non delle colline... esagerate?

Ilarità

...E la sua altezza, pur essendo modesta, apparirà rilevante dal fatto che sorgerà improvvisa dal piano con una forma conica, quasi geometrica. A ogni modo, nella relazione troveranno sezioni, piani, misure, e tutto quanto gioverà alla perfetta intelligenza del progetto.

LA VOCE DEL SINDACO

La parola è alla consigliera signorina Speranza Lari.

SPERANZA

segni di attenzione

Mi dichiaro recisamente contraria al progetto dell'ingegner Riva. Non m'importa esaminarlo. Anzi ammetto, a priori, ch'esso sia tecnicamente perfetto, e che sulla pratica realizzazione di esso non ci sia da innalzare – se si può dire – il più piccolo dubbio. Ma... a costo di guadagnarmi per sempre quella impopolarità così temuta da parecchi – non da tutti, siamo giusti – miei colleghi, io torno a dichiararmi contraria al progetto. Io non temo l'impopolarità. Sono troppo brutta per navigare tra i consentimenti e troppo intelligente perché mi si creda costernata dal fatto che io con molta probabilità non salirò mai su quella montagna a farvi delle passeggiate sentimentali e non potrò mai esclamare, chiudendo la finestra: «il mio amore sospirava ieri sera lassù, tra il dodicesimo e tredicesimo lume»... Oh! Io non dirò questo, e non lo scriverò tra i miei pensieri. Sono sicura che nonostante le mie opposizioni finirete coll'averla la vostra montagna...

mormorii

e andrò a passeggiare anch'io...

Rumori, risa

Ma ciò non toglie...

Grida di: «Silenzio» «Fate parlare»!

Ma ciò non toglie che il bluff che si vuol tentare da questa maggioranza consigliera appaia mostruoso. Le dichiarazioni pronunziate con tanta eleganza dall'ingegner Riva – egli è elegante come io sono spiacevole – non dovrebbero che eccitare la generale indignazione. Comunque, eccitano la mia. Con la stessa disinvoltura con cui immagino che tutte le sere egli si spogli della sua marsina, egli ha spogliata questa città da tutti i suoi bisogni, e ha dichiarato che non ci sono più opere buone da compiere, non ci sono più abbellimenti da escogitare, non ci sono più miserie da confortare. Ed ecco la Beneficenza ridotta a una dama decaduta che invano busserebbe a qualche porta chiedendo, per piacere, che qualcuno le faccia la grazia di essere miserabile...

Ilarità

Ma io voglio anche ammettere che questa città mostruosa esista! Voglio ammettere – quante cose, ahimè, sono disposta ad ammettere per fargli piacere! – che questa città non abbia bisogno di niente: né di carità, né di utilità, né di praticità, né di bellezza – ed è strano che non avendo bisogno di nulla abbia proprio bisogno di un panorama –...

Mormorii

Voglio ammettere tutto! Ebbene, domando all'ingegner Riva che meschino concetto egli si sia mai formato della carità umana, per restringerla tra le mura di questa città piatta, o paludosa, com'egli la chiama. Io gli domando se non sia il caso che la sciagura di non avere un panorama continui ad affliggere questa città piuttosto che costringerla a guardare se stessa dopo averle fatto compiere una così egoistica azione! Ma il signor Riva vuol condannare la città a guardare il suo eterno rimorso!

Mormorii

Io invece – guardate un po'! – vorrei chiamare quella striminzita Carità per dirle: «qui non c'è niente da fare, non abbiamo bisogno di nulla... ma altrove, un po' fuori di qui, ma appena appena fuori, ossia sempre nel nostro paese... c'è tanta carità da fare, tanti ospedali da erigere, tanta brava gente impossibilitata al lavoro da confortare...

Approvazioni vivaci, scampanellate del SINDACO

Per buona sorte c'è ancora della miseria nel mondo, egregio ingegner Riva!

Voci di: «Bene!» «Brava»

Dico per buona sorte di chi possiede ancora un mantello da regalare al prossimo... E ci son paesi in altura e in cima alle montagne che hanno più sole che ricchezza, più aria fina che sanatorii; e c'è vivaddio, se si vuol gareggiare in altezza, qualche cosa di più alto da erigere in questo mondo! Ma se non vedete questo, se non vi accorgete di questo in verità vi dico che è inutile salire sulle montagne... Meglio è scavarsi delle grotte e diventare trogloditi!

Applausi, rumori

Non mi applaudite! Altrimenti crederò anch'io di fare della retorica! Signori! L'ingegner Riva lamenta l'infelicità di una donna bella a cui nessuno mai abbia regalato uno specchio. Ora, non so come si comporterà la città piatta a questo riguardo, ma io che ho tanti specchi a casa, pur essendo coraggiosamente brutta e avendo una grande ammirazione per la bellezza, vi giuro che al posto della città rinunzierei a guardarmi, anche se una bellezza improvvisa mi fosse concessa come premio di aver compiuto la cattiva azione di cui sta per macchiarsi questa onorevole Giunta!

Applausi da tutti i seggi della minoranza. Parecchi si precipitano a stringerle la mano.

RIVA

Domando la parola per fatto personale!

Scampanellate del SINDACO. L'USCIERE nel frattempo si aggira tra i seggi a distribuire opuscoli ai CONSIGLIERI.

REGINA

che siede dietro al marito

No, che devo parlare io!

LA VOCE DEL SINDACO

Ingegnere, la parola è alla sua signora!... Parli la signora Regina Riva.

REGINA

Lasciate che una volta tanto una moglie alzi la voce in difesa del proprio marito.

Segni di attenzione. È una bella donna, giovine e aggraziata

Le parole della mia collega sono generose e severe: generose per la Carità, severe per la montagna. Ma, mentre ammiro il suo dovizioso discorso, io dico: peccato che sì nobili intenzioni debbano naufragare dinanzi all'aridità piatta – anche lei – della legalità del lascito le cui disposizioni escludono tassativamente che la somma esca da questa città, ossia dalla città natale del donatore...

Segni di assentimento

Mi rincresce, perciò per lo zelo con cui la mia collega erigerebbe un nuovo ospizio per rachitici. Non capisco perché l'idea della montagna debba dare ai nervi specialmente alle persone caritatevoli. Ma io potrei dimostrare che è carità anche quella che vogliamo fare noi! Poiché nella nostra città non esiste la disoccupazione, nessuno vieta di far lavorare i disoccupati delle altre province. Voi volete che la montagna diventi benefica, man mano ch'essa s'innalzerà verso il cielo? E voi chiamate questa gente; ed ecco che gli archi che voi costruirete, i terrapieni, il ferro, i sassi diventeranno materia di beneficenza. Il miglior mezzo di giovare al prossimo è di utilizzare la gente attiva che può produrre. Tutto il resto, lasciatemelo dire, è ospedale. Ed è ora di finirla con la carità dei rachitici. Auguriamoci di poter realizzare questa specie di sogno materiato di alberi e di sassi a cui un giorno l'alba – la quale è una fantastica ragazza piena di freschezza – regalerà per conto suo una tunica viola, e sarà maniera anche quella di fare la carità. La Carità, ben lo sappiamo, vive anche lei di buona reputazione. Ma non crediamo ch'essa si disonori se la nostra città ha oggi un piccolo sogno da realizzare: quello di avvicinarsi di qualche centinaio di metri alle stelle con l'illusione, forse, di poterle guardare meglio. Le illusioni giovano anche alle città. Ecco perché, o signori, io voterò a favore del progetto di mio marito.

Applausi dalla maggioranza. Anche il marito si volge a stringerle la mano

LA VOCE DEL SINDACO

L'avvocato Orioli.

LA VOCE DEL III CONSIGLIERE

Propongo di sospendere la seduta, in attesa che la commissione riferisca in merito alla relazione entro un limite di dieci giorni, votando un plauso all'ingegner Riva ideatore e propugnatore del progetto.

Applausi

ALCUNE VOCI

Impostori! Arrivisti!

Rumori, tumulti, scampanellate del SINDACO

LA VOCE DEL SINDACO

appena intelligibile tra i rumori

La commissione eletta nella precedente seduta, composta dai signori Orioli, Facchi, Argenti, Dominici e Frangipane, è incaricata di riferire entro dieci giorni. Chi approva alzi la mano...

Quasi tutti alzano la mano

La proposta è approvata.

La seduta è sciolta tra i rumori. Il PUBBLICO commenta variamente. I CONSIGLIERI scendono dai loro scanni e si avviano per l'uscita dopo aver scambiato i saluti e i commenti. Parecchi si fermano a discorrere animatamente sul davanti della scena.

NORA

a FLAMINIO che è nel settore riservato al PUBBLICO

Papà, che ne dici?

FLAMINIO

Dico che questa gente è pazza e tuo cugino più di tutti, e sua moglie...

UNO DEL PUBBLICO

che ha udito

Scusi, Lei pensa, signore...

FLAMINIO

Penso quel che mi pare. E lei?

NORA

impaurita

Papà!

UNO DEL PUBBLICO

Se quel che le pare le basta, faccia pure!

Alza le spalle e se ne va. L'USCIERE si è avvicinato

REGINA

a RIVA

C'è Nora! C'è lo zio Flaminio!

RIVA

Oh!

Si avvicinano lietamente al cancello che L'USCIERE si affretta ad aprire, ed entrano nell'emiciclo NORA e FLAMINIO. NORA salta subito al collo di REGINA baciandola con effusione. Il PUBBLICO a poco a poco è uscito dalla sala. Qualche CONSIGLIERE ancora si attarda a chiacchierare prima di uscire dalla porta di fondo.

REGINA

a NORA

Cara! Cara!

RIVA

Sentite, zio Flaminio, questo è un tradimento!

REGINA

L'unico ascoltatore di cui mio marito avrebbe fatto a meno!

RIVA

allegramente

È vero! E tu, piccola Nora...

FLAMINIO

La piccola Nora è venuta qui a trasecolare dinanzi alle vostre terribili necessità cittadine!

REGINA

Eh! Lo sappiamo, zio che tu non approvi.

FLAMINIO

Ma dico: è necessario forse essere dotati di un gran buon senso per...

REGINA

volgendosi intorno

Sì!

RIVA

Per fortuna che non sei consigliere... Ebbene, che c'è? Trovi straordinaria la montagna? Eh, lo so! Perché tu ce l'hai da che sei nato... bella e fabbricata dal Signore!

Alla moglie

Capisci? Lui... da che è nato... ha avuta la sua brava montagna ben fatta e bell'è fatta... e non si è mai preoccupato delle difficoltà che s'incontrano a fabbricarla... Eh! Lo so! Il Signore te l'ha fatta trovare un bel giorno accanto alla balia... Bello sforzo! Una montagna decrepita, che tu vedi ringiovanire a ogni primavera... Bello sforzo! Ma prova, prova a scavare... Sta attento! Forse quella montagna nasconde un vulcano... uno di quei vulcani sornioni... e un giorno dà fuori t'inghiotte il paese... senza contare la fatica che devi fare, se vuoi scavare un tunnel per farci passare la ferrovia... mentre la nostra... ah!

Con enfasi caricaturale

La nostra sorgerà perché noi vogliamo che sorga! Ti par niente? E se scavi sotto, quando è fatta, trovi dei solidi archi, del cemento di prim'ordine, del terrapieno coi fiocchi... E, quanto al tunnel... vedi la nostra superiorità? Prima facciamo il tunnel, e poi ci mettiamo su la montagna!

FLAMINIO

Mi fate pena. Nora, tura le orecchie. Questa gente ha il male della pianura. Siccome siete miei parenti, non voglio mostrarmi ufficialmente vostro avversario in questa impresa. Però ricordatevi che io posseggo già, da quando sono nato come dice lui, una montagna, una vera montagna, e una casa sulla cima! La montagna l'ha fabbricata il Signore, la casa l'ho fabbricata io.

REGINA

Come siete modesto, zio, nella scelta dei vostri collaboratori!

FLAMINIO

Già. E quando sarete stufo di arrampicarvi sulla vostra – e io vi prometto di non metterci mai il piede – venite da me a respirare! Vi sentirete liberati da tutto il vostro asfalto! Io – lo sapete – sono un collezionista di farfalle, tutte raccolte sulla mia montagna...

RIVA

E un giorno io vi donerò una collezione raccolta sulla montagna nostra!...

FLAMINIO

Saranno le mie, che avranno emigrato, attratte dall'inganno. Ma non ci resteranno, vedrai! Le farfalle hanno buon naso.

REGINA

Vedi, zio: credo che tu esageri. Infine tu vanti la tua montagna e disprezzi la nostra perché artificiale. Ma quando il Signore ha creato l'universo, non c'era ancora niente... È vero sì o no? E allora anche le montagne ch'Egli creò furono necessariamente artificiali... per la buona ragione che prima non esistevano, come oggi non esiste la nostra... Per conseguenza, anche la nostra montagna, a furia di esistere, diventerà naturale...

FLAMINIO

Tu sei una simpatica donna che non bisogna giudicare dalle scorie maritali che professa...

REGINA

a ORIOLI

E voi, Orioli? L'avvocato Orioli, nostro prezioso alleato, lo zio, la cugina...

Inchini

ORIOLI

a RIVA

C'è Fabrizi, che vuole salutarci a ogni costo.

RIVA

Venga! Venga!

All'USCIERE che è verso il fondo

Fate entrare.

FLAMINIO

Bene. Noi vi lasciamo...

FABRIZI

con le palme tese, raggiante, enfatico

Dov'è il trionfatore? Io porto al trionfatore i voti della pianura est. È quella che, per la sua posizione, beneficherà maggiormente dell'altezza che questa onorevole giunta, auspice voi, le donerà. Dalle case sparse nella deserta plaga noi vediamo di notte i lumi, i primi lumi, della città piatta. Ne vediamo appena un centinaio, mentre sono innumerevoli. Ma verrà il giorno in cui un paniere di stelle rovesciato...

FLAMINIO

Che immagine!

FABRIZI

...risplenderà ai nostri occhi. E noi prenderemo da quel paniere le luci che occorrono per tracciare nella notte il vostro diadema, onorevole Riva.

RIVA

a FLAMINIO

No! Non storcere il muso!

FLAMINIO

Ma se non fiato!

RIVA

Quest'uomo è quello che ci vuole per me.

A FABRIZI

Domani passate al mio studio. Egregio amico, quando io parlo al pubblico non posso mai raggiungere certi effetti perché ho ancora troppo pudore. L'ultimo, l'estremo pudore. Voi non ne avete affatto. A meraviglia. Potremo perfettamente intenderci. A domani.

FABRIZI

raggiante

Grazie. Sarò ben lieto di mettere a profitto di così alta impresa la mia modesta persona. Io ho già fatto larga propaganda...

FLAMINIO

sbuffando

A domani! Non vi ha detto a domani?

FABRIZI

Sissignore!

S'inchina e se ne va tutto dondolante e minuettante

FLAMINIO

a RIVA

Ti basterà avere sei mesi alle costole quel ragazzo lì perché tu divenga ministro.

RIVA

Tu credi che basti avere delle idee?

FLAMINIO

Oh! Lo so! Bisogna agitarle! Se agiti in aria una bacchetta, pare che tu ne abbia in mano una diecina... Addio!

REGINA

Addio, zio. Non essere imbronciato. Se io t'immagino imbronciato, divento infelice.

NORA

Ma se è sempre allegrissimo.

FLAMINIO

Sta a vedere che mi prende per un misantropo! I veri misantropi vivono nelle grandi città dove hanno occasione di osservare gli uomini. Mai io... che vuoi che odii? Tu li conosci i miei amici: Nora, il cane, lo schioppo, gli alberi... Come vuoi che mi tradiscano?

REGINA

Allora sono contenta. Addio, zio. Addio Nora.

Saluti. RIVA accompagna Lo zio e la cugina

Dunque, Orioli? Vorrei farvi una domanda...

ORIOLI

Dite pure.

REGINA

Anzitutto, siete contento della seduta?

ORIOLI

Sì...

REGINA

Vi piace lo zio?

ORIOLI

Così...

REGINA

Allora siete di cattivo umore.

ORIOLI

Mi sembra uno zio di maniera. Perdonate. Sarà vero, ma se ne son visti troppi. Questi zii collezionisti d'insetti, burberi e agricoltori, nemici della città e amici degli alberi... da un millennio ingombrano la nostra letteratura!...

REGINA

Ma son veri nella vita.

ORIOLI

Sì, ma quando s'incontrano... li abbiamo già incontrati!

REGINA

Siete poco gentile, oltre che di cattivo umore, e io per un'intera settimana non vi vorrò bene.

ORIOLI

Non mi avete mai voluto bene!

REGINA

enfatica, caricaturando

È vero... Ma vorrei che in quest'aula consigliare, dove mai furono pronunziate frasi gentili, mi diceste che mi volete bene. Fatemi questo piacere.

ORIOLI

gravemente

Vi amo.

REGINA

Ecco. È molto gentile da parte vostra.

ORIOLI

E da parte vostra è crudele.

REGINA

Siete molto simpatico.

ORIOLI

Ahimè! Non abbastanza per piacervi.

REGINA

Anzi! Mi piacete! Lo dico sempre a mio marito che mi piacete!

ORIOLI

Questo è il male. Aspetto con ansia il momento in cui non glie lo direte più.

REGINA

Cattivo amico.

ORIOLI

Io non sono amico vostro. Sono amico di vostro marito.

REGINA

Ma innamorato di me.

ORIOLI

Sempre.

REGINA

Posizione comoda.

ORIOLI

Come posizione, comune. Come esistenza, infelicissima.

REGINA

Ma se io diventassi la vostra amante?

ORIOLI

Sarà la volta in cui non lo direte a vostro marito.

REGINA

Ma sarei la solita amante comune. Se ne son viste tante..., e da un miliardo d'anni ingombrano la nostra letteratura!...

ORIOLI

Ma se ne son viste anche di quelle che rimangono ostinatamente fedeli al marito.

REGINA

Dio mio! Sicché non ci si salva in alcun modo dal luogo comune?

ORIOLI

Mah!

REGINA

Allora...

gli stende la mano

siamo amici.

ORIOLI

triste

Amici.

Le tocca la mano

Però...

REGINA

Però?

ORIOLI

È triste.

REGINA

Lo so. La vita!

ORIOLI

Quale?

REGINA

Artificiale.

ORIOLI

Come la montagna!

REGINA

minacciandolo

Non credete alla montagna?

ORIOLI

Ci credo. Tanto è vero che aiuterò vostro marito e voi a tirarla su.

REGINA

Ma lo fate per convinzione o per opportunità?

ORIOLI

Per reazione. Sarà la rivincita dei capomastri.

REGINA

Comunque, vi piacerà salire sulla montagna con me?

ORIOLI

Sì.

REGINA

E per me?

ORIOLI

Sì.

REGINA

ancora gli stende la mano

Amici?

ORIOLI

le stringe la mano

Amici.

Riva rientra in fretta, sorridente.

REGINA

Marito mio, Orioli è sempre un poco innamorato di me!

RIVA

a ORIOLI

Come mai?

ORIOLI

alzando le spalle

La signora si diverte.

REGINA

E io gli ho ripetuto che sono innamorata di te.

RIVA

a REGINA

Come mai?

REGINA

Mah! Per fargli dispiacere.

ORIOLI

Io me ne vado.

RIVA

Anche noi... Ah! Devo dire una cosa all'usciere...

ORIOLI

A rivederci, signora. A domani. Addio, Riva.

REGINA

Salutiamoci con solennità perché abbiamo vinto una grande giornata!

Gli porge la mano da baciare

ORIOLI le bacia la mano con compunzione. Anche RIVA gli porge la sua ma ORIOLI la svia dalle sue labbra e se ne va.

RIVA

Lo so che è vero.

REGINA

Che cosa?

RIVA

Ch'egli è un poco innamorato di te.

REGINA

E come spieghi che, in fondo, non mi dispiace?

RIVA

Dimmelo tu che sai tutto.

REGINA

Vuol dire che io sono maledettamente civetta.

RIVA

Regina!

REGINA

Ma c'è di peggio.

RIVA

Non mi fare impaurire.

REGINA

Perché io non lo allontano del tutto? Lo potrei con una parola. Eppure non lo faccio. E perché?

RIVA

Dimmelo tu che sai tutto.

REGINA

Perché ci è utile. Anzi, prezioso. Vuol dire anche che io sono maledettamente vigliacca.

RIVA

Regina!

REGINA

E anche tu.

RIVA

Regina!

REGINA

Che devi dire all'usciere?

RIVA

Niente. Un pretesto perché desideravo uscire solo con te.

REGINA

Ah! Questo è molto gentile! Amico mio, è molto gentile! Però... senti!... La tua vittoria era già preparata, va bene... Ma non si può dire che abbiamo avuto dei contradittori formidabili...

RIVA

Ah! No! E nemmeno tu!

REGINA

Quella povera signora Speranza! Più miope dei suoi occhiali!

RIVA

Eppure... io morivo dalla voglia di farmelo da me il discorso avversario... Perché c'è una sola cosa da opporre alla montagna...

REGINA

Te la dico io!

RIVA

Me la dico da me!

Con un piede già sta per montare sopra una sedia

Sta lì! Sta lì...

REGINA

Non mi muovo...

RIVA

Onorevole Riva...

REGINA

Tu...

RIVA

Io.

REGINA

Sii breve.

RIVA

Due parole. Finitela con le vostre ascensioni psicologiche... E cercate di capire, o signori della maggioranza, che il vostro progetto è semplicemente di cattivo gusto!

A REGINA

E qui avrei paragonata l'idea della montagna a quella ch'ebbero gli americani tanti anni fa quando vollero formare una società per rimettere in piedi la famosa «pietra movibile» che era un enorme macigno in bilico sopra una roccia...

Fingendo di parlare al Consiglio

Ma prevalse il buon senso, o signori... Eppure non erano che degli Americani!

Per scendere

Ecco che cosa...

REGINA

Fermati!

Sale a sua volta sopra una sedia che si trova accanto a quella di RIVA

Sta lì! C'è Speranza Lari?...

RIVA

Ah!

REGINA

...Che avrebbe dovuto dirmi così... Sì, o signora!

A RIVA

Lei dice a me: sì, o signora...

All'Assemblea

Per disposizione testamentaria i miliardi devono essere spesi per un'opera di elevazione cittadina, ma se non trovate gente da beneficare, ospedali da erigere, poveri da arricchire, nessuno vi vieta di tenervi il vostro denaro per accrescere... che so io... delle borse di studio agli studenti poveri che vengono dal di fuori... Se non avete miserabili in casa, soccorrete quelli che vi vengono a trovare... Oppure arricchite i vostri musei!... Avete forse abbastanza mummie egiziane nel vostro museo? Allora comprate delle mummie! O se desiderate sbizzarrirvi nel campo della paleontologia...

RIVA

a REGINA

Comprate degli Echinosauri...

REGINA

Comprate degli Echinosauri!

RIVA

con comico stupore

Ma... Regina!

REGINA

Che dici?

RIVA

c. s.

Allora... tu non credi alla Montagna!

REGINA

con forza

Ma sì! Ci credo! Per me, vedi, essa ha un fascino... un fascino... E per te?

RIVA

Anche per me...

REGINA

Allora confessa che sei un po' canaglia...

RIVA

Sì! Lo confesso!

REGINA

Anch'io! Ebbene, diamoci un bacio dall'alto di queste due...

accennando alle sedie

sincerità!...

Inchinandosi l'uno verso l'altro si baciano mentre l'USCIERE apre la porta ch'era chiusa a metà.

L'USCIERE

molto confuso

Ah! Scusino...

si ritira chiudendo l'altra metà

RIVA

scendendo precipitosamente

No... No... Venga!... Noi andiamo via!

A REGINA che è scesa a sua volta

Non smarrire mai la tua dignità di fronte a un usciere!...

L'USCIERE Si precipita tutto ossequiente con in mano il cappello di RIVA e della signora. Poi corre alla porta, la spalanca e si mette al fianco del limitare in attesa che RIVA e REGINA passino. RIVA e REGINA che hanno dignitosamente infilato i guanti, escono trionfalmente a braccetto. E RIVA leva il cappello passando dinanzi all'inchinevole USCIERE.

Sipario